Flusslande
Seenlande
Wolkenmeer
Sumpflande

In dieser Reihe bereits erschienen:

Der Ring des Zwergenkönigs
Der Schatz der Sumpfmocks
Der Zorn des Meerdrachen

Fairyland
Fabelhafte Fantasie

1. Auflage 2023
ISBN: 978-3-9505329-1-3

www.fairyland-verlag.at, office@fairyland-verlag.at

Autorin: Silke Farmer, Illustration: Elif Siebenpfeiffer
Layout, Satz & Herstellung: Fairyland Verlag e.U.
Druck & Bindung: Gugler GmbH, Printed in Austria

Gefördert durch das Land Niederösterreich

KULTUR NIEDERÖSTERREICH

Wir drucken umweltfreundlich!

Wir schützen das Klima und intakte Ökosysteme: Dieses Buch enthält nur gesunde Substanzen und kann daher – anders als herkömmlich gedruckte Bücher – zu 100 % wiederverwertet werden. Durch das zertifizierte Cradle to Cradle™ - Verfahren sind Farben, Papier und weitere verarbeitete Druckkomponenten für den biologischen Kreislauf optimiert. Das heißt, es entsteht kein giftiger Abfall mehr und die Inhaltsstoffe sind für unsere Gesundheit und die Umwelt völlig unbedenklich.

In Liebe zur Natur und zu unseren Kindern!

Gedruckt nach der Richtlinie „Druckerzeugnisse" des Österreichischen Umweltzeichens. gugler* print, Melk, UWZ-Nr. 609, www.gugler.at

CERTIFIED cradle to cradle SILVER
PurePrint® by gugler*
drucksinn.at

print 4 climate

Zauberfeder

Der Zorn des Meerdrachen

von Silke Farmer
illustriert von Elif Siebenpfeiffer

Valorun

Einst lebten in der Gegend grosse Zauberer. Mit ihren Gesängen erfüllten sie die Sümpfe und Flüsse, die Seen und Berge, die Wiesen und Wälder mit Magie – und sie gaben dem Landstrich einen unaussprechlich schönen Namen. In seiner Bedeutung ist dieser Name der gleiche geblieben: das Land, das vom Zaubergesang abstammt. Aber heute nennen es seine Bewohner Valorun.

Inhaltsverzeichnis

Verwüstetes Land

„Luwin!“ Eldrid atmet tief ein und seufzend wieder aus. „Ist die Luft hier in den *Nebelbergen* nicht fantastisch?“

Luwin stimmt zu: „Die Luft ist herrlich und die Aussicht obergenial. Schau, wie dort unten der *Große See* funkelt und wie klein da hinten die *Hundert Hügel* aussehen!“

„Ja, und dort bei dem großen Baum muss Albas Häuschen sein“, ergänzt Eldrid. „So schade, dass er nicht mitkommen konnte.“

„Find ich auch. Aber ... du weißt es ja noch gar nicht: Schau einmal, hier.“ Luwin zieht einen großen Anhänger mit einer goldenen Kette aus seiner Hosentasche und hält ihn Eldrid direkt vor die Nase. „Das ist ein Medaillon. Alba hat es uns mitgegeben.“

„Zeig her!" Die Pixie greift nach dem Schmuckstück und wendet es hin und her. „Wozu ist das gut?"

„Öffne es", fordert Luwin sie auf.

„Ein Spiegel?" Eldrid sieht den Zwerg fragend an.

„Ein magischer Spiegel! Wenn du ihn antippst, bekommt Alba ein Zeichen und wir können ihn um Rat fragen."

„Wie praktisch!", ruft Eldrid entzückt.

Luwin nickt zufrieden. Er freut sich, dass Eldrid ihn auf seiner Reise begleitet. Im Auftrag des Zwergenkönigs soll er nämlich dem Sandvolk an der Küste der *Westlande* eine wichtige Nachricht überbringen. Und das macht mit Eldrid entschieden mehr Spaß als allein.

„Man sollte viel öfter auf Reisen gehen, nicht wahr? Überhaupt in die *Westlande*. Sie sind so wunderschön. Wann warst du zum letzten Mal dort?"

„Äh, noch nie!", antwortet Luwin.

„Waaaas?" Die Pixie starrt Luwin mit offenem

Mund an. „Das KANN nicht sein! Du warst noch NIE in den *Westlanden*?“

Luwin schüttelt den Kopf.

Eldrid ist fassungslos. Sie beginnt mit ihren Händen zu fuchteln und zählt auf: „Du kennst also weder das *Wolkenmeer* ... noch die *Seenlande* ... noch die *Große Grassteppe*? Und auch nicht die *Dünenlande* und die *Dracheninseln*?“

Der Zwerg schüttelt wieder den Kopf.

„Du warst noch nie dort! Wie gibt's das?“

Luwin verdreht die Augen. „Keine Ahnung. Aber nur weil du es wiederholst, ändert sich nichts daran: Ich war noch nie im Westen!“

„Faszinierend!“ Eldrid nickt und schweigt. Aber nur kurz. Dann beginnt sie zu schwärmen: „Du kannst dich auf etwas gefasst machen: Der Blick vom Bergrücken aus ist atemberaubend. Man kann die gesamte Ebene überblicken mit ihren tiefblauen Seen und der grünen Steppe. Dahinter glänzen die goldgelben Sanddünen der Küste. Daran anschließend erheben sich die schroffen

Dracheninseln aus dem smaragdblauen Wasser. Und vielleicht", sagt die Pixie und klatscht dabei in die Hände, „sehen wir sogar einen Meerdrachen in der Ferne!"

„Klingt hammermäßig!", befindet Luwin und schaut nach oben zum Berggipfel. Er kneift die Augen zusammen, weil die Sonne ihn blendet. „Aber davor haben wir noch ein gutes Stück Weg vor uns!"

„Ach!" Eldrid winkt ab. „So weit ist es gar nicht mehr, glaube ich. Soll ich rasch hinauffliegen und nachschauen?"

„Brauchst du nicht!“, antwortet der Zwerg. Aber als er sich zu Eldrid umdreht, ist die schon abgezischt. Luwin muss grinsen. Wenn Eldrid für etwas brennt, gibt es kein Halten mehr.
Langsam ist auch Luwin furchtbar neugierig auf die *Westlande*. Also klettert er rasch weiter.
Als er am Gipfel ankommt und keuchend Eldrid erreicht, ist diese kreidebleich.
„Was ist los?“, will der Zwerg wissen. Doch die Pixie bringt kein Wort heraus. Stumm zeigt sie auf die Landschaft unten.
Und jetzt sieht Luwin es auch. „Das ist ja furchtbar!“
Eldrid nickt und flüstert: „Einfach grauenvoll!“

Lebende Steine

Die beiden sind geschockt: Die Gegend ist völlig verwüstet. Das Land ist teilweise überflutet und versinkt in einer braunen Brühe. Und die grüne Steppe ist schwarz und verkohlt.
Nachdem sie sich vom ersten Schreck erholt haben, schlägt Eldrid vor, zum *Wolkenmeer* weiterzuziehen. Das ist ein kleines Gebiet in den *Nebelbergen* und liegt etwas unterhalb der höchsten Gipfel. Hier leben die Bergsbarn, die guten Geister der Berge.

Eldrid hofft, von ihnen zu erfahren, was passiert ist. Denn ständig kreist eine Frage in ihrem Kopf:
„Wer tut so etwas?“
„Du, Eldrid, warum heißt es eigentlich *Wolkenmeer*?“, will Luwin wissen und reißt Eldrid aus ihren Gedanken.
„Hm? Ach so: Dort entspringen heiße Quellen. Überall dampft es. Der Dunst bildet Nebel und kleine Wolken. Deswegen nennen es die Bergsbarn *Wolkenmeer*.“
„Ein schöner Name!“, meint der Zwerg.
Eldrid antwortet nachdenklich: „Ein schöner Name für eine schöne Landschaft. Hoffentlich ist dort nicht auch alles zerstört!“

Wenig später kann die Pixie aufatmen. Das *Wolkenmeer* ist zauberhaft wie eh und je: Dünne Nebelschwaden durchziehen das steinige Gebiet – ringsum wachsen Sträucher. Und zwischen moosigen Felsen sprudeln Quellen, die kleine dampfende Tümpel füllen.

Das Magischste daran aber ist: Feine Sonnenstrahlen brechen sich am Laub der Sträucher. Sie tauchen die dunstige Umgebung in türkises Licht.

„Woah!“, entfährt es Luwin. „Das ist schön. Sternenstaubschön!“

„Sternenstaubschön!“ Eldrid strahlt. „Luwin, du bist ein Poet!“

Dann blickt sich die Pixie suchend um und fixiert schließlich eine Stelle einige Schritte schräg vor ihnen.

„Komm“, fordert sie den Zwerg auf und steuert auf ein paar rundliche Felsbrocken zu. „Da sind Bergsbarn!“

„Hä? Wo?“ Luwin weiß nicht, wovon die Pixie spricht. Er sieht keine Bergsbarn – nur graues Felsgestein. Aber als Eldrid direkt vor den rundlichen Steinen stoppt und in der Luft eine kleine Verbeugung ausführt, beginnen sich die Steine zu bewegen. Luwin bekommt große Augen.

Wenige Augenblicke später werden vier Lebewesen sichtbar: Sie hocken zuerst noch auf dem Boden und halten ihre Köpfe zwischen den angewinkelten Armen. Im nächsten Moment fangen sie aber an, sich aufzurichten.
Vom Ergebnis ist Luwin überrascht. „Das sind die Bergsbarn? Die sehen gar nicht aus wie Geister. Eher wie ein bisschen zu groß geratene Gnome", flüstert er. Eldrid kichert. „Ja. Nur gemustert und viel grauer."

Der Chor der Bergsbarn

Nach ihrer vollständigen Verwandlung verbeugen sich die Berggeister vor dem Zwerg und der Pixie. Merkwürdig ist: Alle vier sprechen gleichzeitig. So als hätten sie nur einen Mund.
„Die Bergsbarn grüßen euch, Eldrid und Eldrids Freund! Was führt euch zu uns?"
„Und wir grüßen euch! Wir sind auf dem Weg zur *Drachenküste*. Mein Freund Luwin hier soll im Auftrag seines Königs das Sandvolk besuchen. Ich dachte, ich zeige ihm bei dieser Gelegenheit auch das *Wolkenmeer*."
Die Bergsbarn nicken. Eldrid und Luwin tauschen kurz einen Blick. „Aber wir wollen euch auch fragen, was passiert ist. Wieso sind die *Seenlande* überschwemmt und wieso ist die *Große Grassteppe* abgefackelt?"
Wieder antworten die Bergsbarn im Chor:

„Es war ein Meerdrache. Er muss verrückt geworden sein. Als er vor einiger Zeit das erste Mal hier aufgetaucht ist, hat er furchtbar gebrüllt. Und mit seinem Feueratem die Grassteppe versengt."

„Ein Meerdrache? Seit wann sind die denn so garstig?" Eldrid schaut fragend zu Luwin. Der zuckt mit den Schultern.

„Garstig ist nicht das richtige Wort", entgegnen die Bergsbarn nachdenklich.

„Was denn dann?", will Eldrid wissen.

„Verzweifelt, denken wir."

„Verzweifelt?", wiederholt Luwin. „Wieso verzweifelt?"

„Nun ja: Wenn er nicht gerade ohrenbetäubend brüllt oder Feuer speit, sitzt er im *Nebelgebirge* und heult sich die Augen aus dem Kopf. Deswegen ist ein Teil der *Seenlande* überschwemmt. Das kommt von seinen Tränen!"

„Waaaas? Das ist ja furchtbar“, rufen nun Eldrid und Luwin wie aus einem Mund.
„Das Schlimmste aber sind seine Schreie. Wer sich nicht rechtzeitig schützt, ist hinterher fast taub. Zumindest wir mit unserem feinen Gehör. Deswegen versteinern wir, sobald der Meerdrache am Himmel auftaucht. Das hilft. Als Steine hören wir so gut wie nichts mehr.“
„Aber ...“ Eldrid schüttelt den Kopf. „Ich verstehe nicht ganz ...“
Weiter kommt sie nicht. Denn einer der Bergsbarn hebt die Hand und die Berggeister schauen zum Himmel. Luwin und Eldrid folgen ihrem Beispiel.
„Da!“, rufen die Bergsbarn. Nun sehen es auch die Freunde: In weiter Ferne erscheint der dunkle Umriss eines Drachen – zuerst noch klein. Aber er wird zusehends größer. Und er fliegt direkt auf sie zu.
„Oh, oh! Das ist gar nicht gut!“ Luwin schaut zu Eldrid. Gemeinsam wenden sie sich wieder den

Bergsbarn zu. Aber die haben sich schon wieder in Steine verwandelt.
„Hm“, macht Eldrid. „Vielleicht sollten wir in Deckung gehen?“
Luwin nickt. „Ausgezeichnete Idee!“
Mit diesen Worten flitzt Eldrid los und der Zwerg springt über die Berggeister-Steine. Zusammen werfen sie sich hinter einen großen Felsen zu Boden. Keinen Herzschlag zu früh übrigens. Denn schon donnert der riesige Meerdrache mit einem lauten Kreischen über ihre Häupter hinweg. Nun wissen die Freunde auch, was mit ohrenbetäubend gemeint war.
Es ist irrsinnig laut.

Wenig später ist der Drache wieder weg und der schreckliche Krach hat ein Ende.

„Wuh, war das laut!“, schreit Eldrid, als die Luft wieder rein ist.

„Aua“, japst Luwin. „Meine Ohren!“

„Was? Was ist los, Luwin?“

„Schrei nicht so, Eldrid. Meine Ohren sausen und surren!“

„Hä? Hast du gesagt: Deine Poren lausen und murren? Das ergibt keinen Sinn.“

„Nein. Ich hab gemeint: In meinen Ohren bimmelt's.“

„Luwin, was? In deinen Rohren schimmelt's?

Der Zwerg klatscht sich auf die Stirn. „Eldrid, du bist ja taub!“

„Was ist mit dem Laub?“ Die Pixie reibt sich ihre Ohren. „Du, ich glaub, ich hör nicht mehr richtig.“

„Ach, echt?“, denkt Luwin und verdreht die Augen.
Er nimmt Eldrid an der Hand und zieht sie mit sich hinüber zu den Bergsbarn.
„Ihr könnt euch wieder zurückverwandeln“, erklärt Luwin. „Der Drache ist weg.“
Aber: nichts. Die Bergsbarn rühren sich nicht. Auch nach einer Weile nicht. Ganz gleich, wie sehr Luwin und Eldrid auch auf die Berggeister einreden – diese bleiben stumm und zu Steinen erstarrt.
„Das gibt's doch nicht“, schimpft Luwin und klopft mit den Knöcheln seiner Hand auf die Steine. „Ihr könnt uns doch nicht hier so stehen lassen.“
„Ach komm! Lass sie“, meint Eldrid. „Wir gehen der Sache auf eigene Faust nach.“
„Es bleibt uns auch nichts anderes übrig“, murrt der Zwerg.
„Genau. Hey: Aber weißt du was?“ Die Pixie lächelt verschmitzt.

Luwin zieht eine Augenbraue hoch. „Du hörst wieder was?“
Eldrid grinst: „Jawohl!“
Luwin seufzt: „Dem großen Schmied sei Dank! Ich dachte schon, unsere Unterhaltungen werden so mühsam wie mit meiner uralten Urgroßtante – der harthörigen Harga.“
„Hey!“ Eldrid rempelt Luwins Schulter. „Wenn ich so langsam wäre wie mein lahmer Urururgroßonkel Lumenok, wäre ich nicht so frech!“
„Waaaaas? Na warte, wenn ich dich erwische!“

Ein verrückter Drache?

Schritt für Schritt geht es nun bergab. Luwin klettert geschickt die Steige hinunter und überquert Brücken über tiefe Felsspalten. Eldrid flattert daneben her.

Irgendwann fällt es dem Zwerg wieder ein: „Du, Eldrid. Bevor die Bergsbarn versteinert sind …“

„Ja?“

„Du sagtest, du verstehst etwas nicht ganz. Was hast du damit gemeint?“

„Hm“, macht Eldrid und kaut auf ihrer Unterlippe herum. „Weißt du: Ich dachte, dass Meerdrachen harmlos sind. Sie sind zwar recht groß und irgendwie wild …“

„Äh, ja … und Feuer speien können sie auch. Ganz zu schweigen von dem Riesenkrach, den sie machen!“, wirft Luwin ein.

„Stimmt schon. Aber trotzdem: Niemand hat

Meerdrachen je als Gefahr bezeichnet. Und nun brennt einer von ihnen die halbe Gegend nieder. Das ist doch merkwürdig, nicht?"

Luwin kratzt sich am Kinn. „Du meinst: Da ist etwas faul?"

Die Pixie nickt.

„Wir könnten Alba um Rat fragen." Luwin fischt das Medaillon aus seiner Hosentasche hervor. „Wofür haben wir das Ding sonst?"

„Eine gute Idee!", jubelt Eldrid. „Das hatte ich ja ganz vergessen."

Luwin öffnet das Schmuckstück und tippt den Spiegel an. Nur wenige Augenblicke später erscheint Albas Spiegelbild.

„Meine Freunde!", sagt er. „Geht es euch gut? Kann ich euch helfen? "

„Hallo, Alba. Uns geht's gut!", erwidert Luwin. „Aber es gibt da ein Problem ..."

Nachdem die beiden Alba alles erzählt haben, macht der Druide „Hm", „Hm", „Hm" und tippt sich mit dem Zeigefinger an die Nasenspitze.

Das tut er immer, wenn er nachdenkt. Eldrid und Luwin kennen das schon. Schließlich sagt er: „Ich muss euch recht geben. Die Sache klingt seltsam. Meerdrachen sind alles andere als aggressiv. Zumal sich die Tiere nur von Fischen ernähren und am Meer leben. Sie jagen bei Tag über die Ozeane und schlafen nachts schwimmend auf dem Wasser. Nur zum Brüten kommen sie alle paar Jahrzehnte auf die *Dracheninseln*. Aber sobald die Jungen fliegen können, verlassen auch sie die Landflächen."

„Das heißt: Sie meiden das Land und treffen so auch auf keine Landbewohner", fasst Luwin zusammen.

Alba nickt. „Genau."

„Kann er verrückt geworden sein?", hakt Luwin nach. „Die Bergsbarn behaupten das."

Alba zuckt mit den Schultern. „Ich weiß nicht. Was bedeutet schon verrückt? Doch nichts anderes, als dass etwas nicht in Ordnung ist. Und dafür gibt es vermutlich einen Grund!“
Eldrid wiegt nachdenklich ihren Kopf hin und her. „Auch dass der Meerdrache so viel weint, ist eigenartig. Oder?“
„Ganz recht.“ Alba nickt. „Ich denke, da steckt mehr dahinter. Der Drache spielt nicht einfach nur verrückt. Er ist wütend oder er trauert. Oder beides.“
„Aber warum?“, will Luwin wissen.
„Tja. Das ist die Frage. Die Frage, die geklärt werden muss.“

Nachdem sich Luwin und Eldrid mit Alba beraten haben, wandern die beiden Freunde weiter bergab. Sie wollen das Rätsel um den scheinbar verrückt gewordenen Drachen lösen.
Das erste Hindernis lässt aber nicht lange auf sich warten. Unten auf der Ebene hat sich eine braune Brühe ausgebreitet: Die Tränen des Drachen haben die Wiesen zwischen den Seen in einen Sumpf verwandelt. Es gibt kein trockenes Fleckchen Erde weit und breit.
Eldrid hat damit keine Probleme. Doch während die Pixie munter losfliegt, verzieht der Zwerg das Gesicht. „Der Sumpf sieht eklig aus."
„Stimmt. Aber er schaut nicht besonders tief aus. Zieh einfach deine Stiefel aus. Dann werden nur deine Füße nass."
„Ja. Du hast leicht reden. Es sind ja nicht deine Füße", murrt der Zwerg. Schließlich folgt er dann aber doch Eldrids Rat, streift seine Stiefel ab und watet barfuß durch die braune Schlammsuppe. Froh macht ihn das nicht, wie er

immer wieder kundtut: „Wäh ... wäh ... wäh!“
„Luwin, jetzt stell dich nicht so an!“
„Hallo! Was heißt hier: Stell dich nicht so an? Aber schon klar, du musst ja nicht da duuu ... a ... arrrrch ...“
Pflotsch!
Das letzte Wort wird durch ein mächtiges Wasserplatschen verschluckt. Luwin ist ausgerutscht und geräuschvoll in den Drachentränen-Sumpf geplumpst – Kopf unter.
„Oje, Luwin!“, ruft Eldrid erschrocken und fliegt zu ihrem Freund. „Geht's dir gut?“
„Wähhh! Öähhh!“, prustet Luwin, als er wieder auftaucht. „Iiiii ... ist das grauslich und salzig.

Pfui! Wäh ... widerlich! Und hier ist es voll tief."
Der Zwerg schwimmt ein Stück, bis er wieder Boden unter den Füßen hat. Dann motzt er Eldrid an: „Du brauchst jetzt gar nicht zu grinsen."
„Ich grinse nicht!"
„Tust du doch. Aber du hast ja auch recht. Ich bin ungeschickt und außerdem unnütz!"
„Was redest du da, Luwin?"
„Ist doch wahr! Was nützt mir meine Fähigkeit des Verzwergens hier? Soll ich mich der Farbe des Wassers anpassen?"
Jetzt muss Eldrid wirklich grinsen. „Das wäre aber sehenswert!"
Der Zwerg findet das gar nicht lustig. Er schimpft: „Aber deine Magie hilft uns hier auch nicht! Oder was sollen wir mit deinem Verliebtheits-Feenstaub anfangen?"
„Hm", macht Eldrid und das soll wohl heißen: Du hast recht.

Toller Service

Am Rand der Grassteppe ist die Reise durch den Sumpf zu Ende. *„Endlich wieder richtigen Boden unter den Füßen“*, denkt Luwin.
Weit gehen muss er aber nicht. Im hohen Gras entdecken die Freunde ein braunes Tier: Es ist ein stattliches Dreihorn. Genüsslich rupft es mit seiner langen Zunge grünes Kraut ab und schmatzt vor sich hin. Als es Luwin und Eldrid erblickt, grunzt es freundlich. Dann neigt es den Kopf und geht in die Knie.
„Äh ... Luwin?“, fragt Eldrid zögerlich. „Glaubst du, das bedeutet: Wir sollen aufsteigen?“
Der Zwerg strahlt und ballt frohen Mutes die Faust: „Na klar. Vielleicht hat Alba es geschickt? Toller Service. Daran könnte ich mich gewöhnen. Alba ist der Beste!“
Eldrid nickt nachdenklich. „Oh ja. Nur ... ähm ...

kennst du dich denn mit Dreihörnern aus?“
Der Zwerg schüttelt den Kopf. „Nein! Muss ich?“
Langsam nähert er sich dem Tier und streicht vorsichtig über sein Fell. Dem Dreihorn gefällt das. Es grunzt, schließt die Augen und – furzt!
Eldrid rümpft die Nase und Luwin muss lachen.
„Uahh, das stinkt! Aber: Sein Fell ist ganz weich. Fühl mal, Eldrid!“
„Mhm. Weich. Gut. Aber, Luwin: Dreihörner sind auch ... äh ... spektakulär.“ Luwin horcht auf.
„Spektakulär? Was meinst du damit?“
„Na ja ... Es gibt Dreihörner nur in den Grassteppen der *Westlande*. Sie gehören zu den schnellsten Läufern in ganz Valorun. Aber es heißt: Wenn sie

einmal loslaufen, kann nichts und niemand sie aufhalten. Sie rennen, bis sie nicht mehr können. Dann fallen sie von einem Augenblick zum anderen stehend in einen langen Schlaf."

„Haha, wirklich?", ruft Luwin begeistert. „Das klingt ja oberlustig!"

Eldrid seufzt. „Aber auch gefährlich. Findest du nicht? Sie sind nicht zu kontrollieren."

„Klasse!", strahlt Luwin. Bedenken hat er keine. Immerhin ist er ein Zwerg. Und Zwerge sind mutig und abenteuerlustig.

„Komm!" Er klettert auf das Tier und winkt Eldrid zu sich. Die seufzt. Schwingt sich aber dann doch zu Luwin auf das Dreihorn und so galoppieren sie in Richtung Küste davon.

Ein beeindruckender Auftritt

Lange Zeit geht es sturmschnell auf dem Dreihorn dahin. Um nicht herunterzufallen, müssen sich Eldrid und Luwin richtig im Fell des Tieres festkrallen. Lenken lässt sich das Dreihorn nicht. Es rennt einfach stur geradeaus. Aber egal. Denn es macht mächtig Spaß und so bemerken sie nicht, dass es längst Abend geworden ist. Das wird ihnen erst bewusst, als sie in der Ferne den Schein eines Feuers wahrnehmen.

„Eldrid!“, schreit Luwin der Pixie ins Ohr. Der Zwerg muss richtig brüllen. Denn der Wind bläst ihnen um die Ohren.

„Ja?“, plärrt Eldrid zurück.

„Schau mal, da vorne! Da ist ein Lagerfeuer! Wir reiten direkt darauf zu.“

„Ah ja! Das müssen die Zentauren sein.“

„Zentauren?“ Luwin zieht die Nase kraus.

„Sie leben hier in der Steppe. Sie schlagen ihr Lager auf, wo immer sie gerade sind.“

„Na, dann hoffen wir, dass unser Dreihorn sie nicht niederrennt. Davon wären sie sicher nicht begeistert.“

Leider scheint sich die Befürchtung der Freunde zu erfüllen: Das Dreihorn stürmt mit vollem Karacho mitten auf den Lagerplatz der Zentauren. Zum Glück rennt es niemanden um. Stattdessen bremst es kräftig ab. Die Folge ist,

dass Luwin und Eldrid den Halt verlieren und mit einem lauten „Pschiiuuu“ durch die Luft katapultiert werden.

Luwin überschlägt sich und landet unsanft auf dem Rücken. „Autsch! Verflixt noch mal“, flucht der Zwerg am Boden liegend.

Eldrid ergeht es nicht viel besser. Sie vollzieht etliche Luftpurzelbäume, bis sie schwindelig und leicht benommen auf Luwins Brust niedersinkt.

„Hops!“, meint Eldrid, als sie die Augen aufschlägt. „Noch mal gut gegangen!“ Die Pixie grinst schief. Luwin aber verzieht das Gesicht: Sein Rücken tut weh. Jedoch ist jetzt keine Zeit, um wehleidig zu sein. Denn um sie herum zieht sich ein Kreis aus Zentauren – enger und enger.

„Die schauen nicht so freundlich drein“, raunt Luwin Eldrid zu.

Diese flüstert: „Nach unserem Auftritt eben: Was erwartest du? Wir sollten uns entschuldigen!“

Luwin nickt.

Während die Pixie ein Stück nach oben flattert,

kommt Luwin mühsam auf die Beine. Er räuspert sich und wendet sich dann an die offensichtliche Anführerin – eine ältere Zentaurin mit breiten weißen Strähnen im schwarzen Haar.

„Ähm ... ja. Äh ... wir sind Eldrid und Luwin. Wir sind über die *Nebelberge* gekommen und äh ... äh ...“, stammelt er.

Eldrid springt ihm zur Seite. „Und es tut uns furchtbar leid. Dass wir so hereingeplatzt sind. Normalerweise sind wir höflicher. Aber ...“ Die Pixie deutet auf das Dreihorn. Dieses ist längst eingeschlafen und gibt leise Schnarchgeräusche von sich. „... unser Dreihorn ist recht ... ähm ... eigenwillig.“

Die Zentaurin zieht die Augenbrauen hoch. „Nun, das haben Dreihörner so an sich! Deswegen sollte man sie keinesfalls aus Jux und Tollerei reiten.“

„Aber das haben wir doch gar nicht!“ Luwin ist verärgert.

„Sondern?“

„Unser Freund Alba hat uns das Dreihorn geschickt. Damit wir schneller an die Küste zum Sandvolk kommen."
„Alba? Der Druide?", fragt die Zentaurin erstaunt.
„Genau der!", antwortet Luwin und verschränkt die Arme vor der Brust.
Die Zentaurin nickt und wendet sich an die zwei Zentauren neben ihr: „Ich kenne Alba schon sehr lange und vertraue ihm. Ich denke, die beiden sind in Ordnung."

Zu Eldrid und Luwin gewandt sagt sie: „Mein Name ist Meleris Mondschatten. Und das sind Helon Himmelsblitz und Sumaya Sturmwind. Wir sind die Anführer der drei Zentauren-Clans, die sich hier versammelt haben. Setzt euch und esst mit uns. Und dann erzählt uns, was euch in die *Westlande* führt."

Der Schatten des Meerdrachen

Nachdem Luwin und Eldrid ausgiebig gespeist haben, erzählen sie den Zentauren von Luwins Auftrag und von ihrem Erlebnis in den *Nebelbergen*.

„Der Meerdrache ist der Grund für unser Clan-Treffen“, erklärt Meleris Mondschatten den Freunden.

„Was habt ihr vor?“, will Eldrid wissen.

„Gegen ihn kämpfen“, antwortet Helon Himmelsblitz. „Morgen machen wir uns gemeinsam auf. Wir werden ihn suchen und ihn vertreiben.“

„Aber ...“, entgegnet Luwin. „Alba und wir glauben, dass hier etwas nicht stimmt. Meerdrachen sind nicht aggressiv. Sie treiben sich nicht an Land herum und fügen niemandem Schaden zu. Es muss einen Grund für sein Verhalten geben.“

„Das mag sein“, entgegnet Sumaya Sturmwind. „Aber habt ihr gesehen, wie es hier aussieht? Wir wollen nicht, dass der Drache noch mehr Unheil anrichtet.“
Eldrid räuspert sich: „Aber sollten wir nicht versuchen herauszufinden, was los ist? Warum er das tut? Wir denken, er ist traurig oder verzweifelt.“
Helon Himmelsblitz schüttelt den Kopf. „Es ist zu spät. Wir haben beschlossen, uns zu wehren und die Verwüstung zu beenden!“
„Aber ...“
„Es tut mir leid, Eldrid“, unterbricht Meleris Mondschatten die Pixie. „Es ist besser, ihr geht jetzt schlafen. Helon, Sumaya und ich wollen uns noch abstimmen und möchten dafür unter uns sein.
Als die beiden außer Hörweite der Zentauren sind, schimpft Luwin los: „So eine Obergemeinheit. Sie haben uns wie kleine Kinder zu Bett geschickt!“
„Ich weiß! Voll daneben!“ Eldrid verdreht die

Augen. „Aber: Auf stur schalten bringt bei Zentauren nichts. Glaub mir. Die haben die Sturheit praktisch erfunden. Vielleicht haben wir morgen mehr Erfolg. Wenn wir nochmals mit ihnen reden. Möglicherweise müssen sie eine Nacht darüber schlafen."

„Hm, ich weiß nicht. Sie wirken sehr entschlossen", grummelt Luwin und schaut sich um. „Und? Wo schlafen wir jetzt?"

„Schau da!" Eldrid schmunzelt und zeigt hinüber zum schnarchenden Dreihorn. Es hat sich mittlerweile hingelegt. „Wie wär's, wenn wir uns daran ankuscheln?"

„Klingt nach einem flauschigen Plan", meint Luwin. Dann grinst er: „Ich hoffe nur, es furzt nicht im Schlaf!"

Laute Stimmen wecken Luwin. Als er blinzelt, bemerkt er: Die ersten Sonnenstrahlen bohren sich bereits in den dunklen Horizont und färben die Wolken am Himmel rot-violett. Plötzlich ist er hellwach. So wie die Zentauren. Sie haben schon begonnen, ihr Lager zu räumen.

„Eldrid, wach auf! Es ist schon Morgen! Die Zentauren packen zusammen. Wir müssen zu Meleris."

„Was? Wie? Wo sind wir?" Die Pixie gräbt sich gähnend aus dem Fell des Dreihorns, das immer noch gemütlich schnarcht. Verschlafen kratzt sie sich am Kopf.

„Meerdrache. Zentauren. Kampf", hilft Luwin seiner Freundin auf die Sprünge.

„Oh, stimmt. Wir müssen mit Meleris und den anderen sprechen!" Mit einem Satz schnellt Eldrid in die Luft und fliegt voraus.

Der überraschte Luwin stolpert hinterher.

Lange suchen müssen sie nicht. Meleris, Helion und Sumaya beraten sich am Feuerplatz von

gestern. Ins Gespräch vertieft, bemerken sie Luwin und Eldrid zuerst gar nicht. Erst als der Zwerg sich räuspert, halten sie in ihren Beratungen inne.

„Guten Morgen, ihr beiden“, begrüßt Meleris sie freundlich. „Gut geschlafen?“

„Oh ja, danke! Dreihörner sind sehr bequem!“, erwidert Eldrid höflich. „Aber wir wollten nochmals mit euch wegen des Meerdrachen sprechen.“

„Dann müsst ihr euch beeilen. Wir wollen gerade aufbrechen, um ihn zu suchen!“, antwortet Helion ungeduldig.
„Und dann?“, fragen Eldrid und Luwin gleichzeitig.
„Dann werden wir ihm zeigen, dass er unerwünscht ist!“ Man merkt dem Zentauren an: Er meint es ernst.
„Könnt ihr nicht nochmals darüber nachdenken? Wir glauben nicht ...“
Weiter kommt Eldrid nicht. Denn am Horizont taucht ein Schatten zwischen den Wolken auf.
„Der Meerdrache!“, rufen die Zentauren gleichzeitig. Und als der Drache hoch am Himmel Richtung *Seenlande* vorüberzieht, schreit Sumaya Sturmwind aus Leibeskräften: „Hinterheeeeeeeeeeeer!“
Ehe es sich Eldrid und Luwin versehen, galoppieren die drei Zentauren-Clans mit lautem Gebrüll ihren Anführern nach.

Zurück bleibt eine Staubwolke – aufgewirbelt von den Zentauren-Hufen.

Der Zwerg und die Pixie müssen husten. Eldrid ist völlig verdattert. „Was sollen wir tun, Luwin? Hinterhereilen?“

„Äh. Wie willst du das anstellen? Denen kommen wir so schnell nicht nach. Oder willst du unser Dreihorn bitten, hinterherzulaufen?“

Wie auf Kommando meldet sich das Tier mit einem lauten Grunzlaut. Es hört gar nicht mehr auf zu grunzen. Wobei es den Zwerg und die Pixie mit Blicken fixiert.

„Glaubst du, es will uns etwas mitteilen?“, fragt Eldrid.

Luwin zuckt die Schultern „Vielleicht. Leider spreche ich nicht Dreihörnerisch.“

Dann jedoch beugt das Tier erneut das Knie.
„Oh! Ich spreche doch Dreihörnerisch!“, scherzt Luwin und grinst breit.
„Ach du meine Güte!“ Eldrid legt bestürzt ihre Hände an die Wangen. „Ich weiß nicht, ob das eine gute Idee ist?“
„Na, komm schon. Der Ritt war lustig!“
„Tssss. Und der Bremsvorgang?“
„Stimmt“, gibt Luwin zu. „Aber so wird uns wenigstens die Entscheidung abgenommen, ob wir den Zentauren hinterherjagen oder doch weiter zum Sandvolk reisen sollen.“
„Hm.“ Die Pixie klingt nicht überzeugt.
Aber als Luwin aufsteigt, flattert sie ebenfalls auf den mächtigen Rücken des Tieres. „Dann hoffen wir, dass wir das nächste Mal Bremsen besser hinkriegen.“
Kaum hat Eldrid das gesagt, rast das Dreihorn los. Aber nicht den Zentauren hinterher.
In wildem Galopp geht es weiter Richtung *Drachenküste*.

Frostiger Empfang

Wieder ist der Ritt ein Erlebnis und diesmal klappt es auch mit dem Bremsen.
Bei den Höhlen der *Drachenküste* angekommen, wechselt das Tier in Schritttempo und bleibt schließlich stehen.
Ein paar Sandleute sitzen vor ihren Höhlen und schauen mit verkniffenen Gesichtern zu ihnen herüber.
Also rutscht Luwin von seinem Reittier und geht zu den Sna-er, wie sich das Sandvolk selbst nennt. Eldrid begleitet ihn, während das Dreihorn in den Schatten eines Felsens trottet.
„Seid gegrüßt, liebe Sna-er!“, sagt Luwin und verneigt sich vor den Sandleuten. „Ich bin Luwin Eisenherz und komme im Auftrag unseres Königs, Gandin Goldstein. Das ist meine

Freundin Eldrid. Dürften wir mit einem eurer Weisen sprechen?"
„Das ist gerade ungünstig", antwortet der Angesprochene unfreundlich. Er schaut Luwin dabei nicht einmal an.
„Die Weisen haben eine Versammlung. Aber wir werden melden, dass ihr da seid."
Mit diesen Worten verschwinden alle Sandleute und kommen für geraume Zeit nicht wieder.
„Das ist seltsam!" Luwin kratzt sich am Kopf.
„Ja", meint Eldrid. „Hast du nicht erwähnt, dass das Sandvolk und die Hügelzwerge Freunde sind?"
„Nicht direkt Freunde. Aber Handelspartner mit guten Beziehungen. Zumindest hat das König Gandin gesagt. Überhaupt seien die Sna-er bescheiden, offen und LIEBENSWÜRDIG!"
Beim letzten Wort rollt Luwin mit den Augen.
„Ja, voll lieb sind sie", lacht Eldrid. „Zum Knuddeln."
„Hm. Vielleicht kommen wir ungelegen?", mutmaßt Luwin.

Im nächsten Moment erscheint einer der Sandleute und bittet die beiden Freunde nun doch in die Höhle. Dort sollen sie Oshok treffen, einen der drei Weisen.

Oshok empfängt Eldrid und Luwin freundlich. *„Aber es ist keine echte Freundlichkeit"*, denkt Eldrid, als Oshok sie begrüßt. Und auch Luwin fühlt das. Als der Zwerg dem Sna-er König Gandins Brief überreicht, wirkt er ungeduldig. Er wirft auch nur einen kurzen Blick auf das Schreiben des Zwergenkönigs.
„Gut, gut", kommentiert Oshok hastig.
„Gut, gut?", wiederholt Luwin.
„Es ist Gandins übliche Bitte. Ich soll dir die Goldkörner mitgeben, die wir immer wieder beim Graben finden. Und ihr Zwerge werdet uns dafür weiterhin mit Früchten versorgen. Fein. Wir danken eurem König."
An den Sna-er gewandt, der die beiden Freunde zu ihm gebracht hat, sagt Oshok: „Bitte führe unsere Gäste in die Vorhalle."
Und zu Luwin und Eldrid merkt er an: „Dort findet ihr das Säckchen mit Goldkörnern. Zudem warten Früchte, Wurzelwerk und Kräuterwasser auf euch. Esst und trinkt –

der Rückweg ist lang. Lebt wohl!“
„Aber …“, beginnt Luwin. Doch Oshok hat sich schon umgedreht und verschwindet in einem der dunklen Gänge. Eldrid und Luwin bleiben ratlos zurück.

Nachdem sich die beiden Freunde in der Vorhalle gestärkt und das Säckchen an sich genommen haben, werden sie wieder ins Freie geleitet.
„Und nun?“, fragt Eldrid, nachdem der Sna-er in die Höhle zurückgekehrt ist.
Luwin starrt ins Leere. „Jetzt brauchen wir einen Plan.“
Eldrid nickt. Denn eins ist klar: Da ist was faul.

Eine furchtbare Überraschung

Es ist Nacht. Luwin und Eldrid kauern hinter einem Felsen. Ihr Plan ist es, sich erst einmal zu verstecken, um sich später unbemerkt in die Höhlen zu schleichen. Das kann gelingen, weil das Sandvolk bestimmte Gewohnheiten pflegt. Eldrid hat es Luwin so erzählt: „Sie schlafen tagsüber viel, weil sie die Hitze nicht so mögen. Nachts gehen sie fischen. Fische sind die einzige Nahrungsquelle hier an der Küste."

„Perfekt", hat Luwin geantwortet. „Dann schleichen wir uns nachts in die Höhle der Weisen."

„Und was sollen wir dort finden?"

„Keine Ahnung. Aber irgendwas müssen wir tun. Vielleicht bringt es uns weiter."

Also warten die beiden, bis es am späteren Abend dann so weit ist: Unzählige Sandleute

strömen aus ihren Höhlen und marschieren mit Angelruten und Netzen ans Wasser.
Kurze Zeit später wagen sich der Zwerg und die Pixie aus ihrem Versteck und schlüpfen in die Höhle der Weisen. Tatsächlich wirkt diese völlig verlassen. Gefühlte Ewigkeiten finden sie nichts. Doch dann gelangen sie in einen Gang, an dessen Ende zwei Wachen postiert sind.
„Für ein unkriegerisches Volk sind die ganz schön bewaffnet“, raunt Luwin. „Wenn das nichts zu

bedeuten hat, schluck ich einen Hammer!"
Die Pixie nickt. „Was tun wir?"
Luwin grinst. „Was wir am besten können: uns meisterhaft vorbeischleichen!"
Daraufhin flattert Eldrid lautlos an die Höhlendecke hinauf und fliegt schnurstracks auf die Wachen zu. Luwin dagegen beginnt, sich zu verzwergen. Das ist eine seltene Gabe. Beim Verzwergen verschmilzt ein Zwerg so sehr mit seiner Umgebung, dass er kaum noch zu sehen ist. Hier in der Sandhöhle nimmt sein ganzer Körper die Farbe und Musterung der gepressten Sandwände an.

Interessant ist, dass man verzwergte Zwerge aber sehr wohl entdecken kann: und zwar wenn man ganz stark blinzelt. Dann nämlich hebt sich der Zwerg ein bisschen vom Hintergrund ab. Nur ganz wenig. Aber es reicht, um ihn zu entdecken. Doch zum Glück wissen das die beiden Wachposten nicht. Deswegen gelingt es Luwin, sich an ihnen vorbei durch den Durchgang in die Kammer zu schleichen. Auch die lautlose Pixie an der Höhlendecke bemerken sie nicht.

Wenig später jedoch verschwenden sie keinen Gedanken mehr an Heimlichkeiten. Zu geschockt sind sie von dem, was sie in der Kammer vorfinden: Nahe einer Feuerstelle sind Steine zu einer Art Nest aufeinandergestapelt – und darauf gebettet liegt ein Ei.
„Du meine Güte, Luwin!“, ruft Eldrid lauthals.
„Glaubst du, das ist ...“
Der pfeift. „Ein Drachenei!“

Die Erkenntnis

Die Wachen der Sandleute stürmen sogleich herein. „Was ist hier los?"
Aber die beiden Freunde beachten sie nicht. Wie gebannt starren sie auf das Ei: Offensichtlich wird es gerade ausgebrütet. Eldrid und Luwin wird nun langsam klar, wie die Dinge liegen. Und Eldrid bringt es auf den Punkt:
„Dann ist der Meerdrache eine Drachenmutter, der das Ei geraubt wurde."
„Und aus lauter Verzweiflung heult sie sich die Augen aus und brennt alles nieder", ergänzt Luwin.
Eldrid nickt. „Wie furchtbar!"
Von den Wachposten alarmiert, eilen bald darauf die drei Weisen in die Kammer.
„Was macht ihr hier?", herrscht Oshok sie an.
„DAS ist nicht die Frage!", entgegnet Luwin

streng und stemmt die Arme in die Seiten.

„Genau!“, erklärt Eldrid. „Vielmehr sollte die Frage lauten: ‚Was macht das Drachenei hier?‘“ Mit dem Zeigefinger deutet sie auf das Ei.

Darauf weiß Oshok nichts zu sagen. Aber der Schreck steht ihm ins Gesicht geschrieben. „Ihr ... ihr wisst, was ... was das ist?“, stottert er.

„Na klar!“, antwortet Luwin. „Was habt ihr euch dabei gedacht? Ihr seid schuld daran, dass die Drachenmutter die *Westlande* verwüstet.“

„Und gerade sind die Zentauren hinter ihr her und tun ihr vielleicht etwas an!“, setzt Eldrid wütend nach.

„Das wollten wir alles nicht“, haucht Oshok. Auch die anderen beiden Weisen schütteln verlegen die Köpfe.

„Ihr werdet uns das schon erklären müssen!“, fordert Luwin.

Die drei Sna-er nicken zögerlich. Und so erfahren die beiden Freunde im Laufe der Nacht: Auch das Sandvolk ist verzweifelt. Lange schon.

„Wir wohnen seit Ewigkeiten in den Dünenlanden. Aber nie haben wir uns hier heimisch gefühlt“, seufzt der Weise namens Beruk. „Unsere Vorfahren kamen aus den schneebedeckten Zonen im Norden Valoruns und haben am *Eismeer* gelebt.“

„Dort sind vor langer Zeit die Fischbestände eingebrochen und es gab nicht mehr genügend Nahrung für alle“, ergänzt der dritte Weise. Sein Name ist Nubek. „Ein Teil von uns ist deswegen an südlichere Küsten gezogen. Aber das warme Klima behagt uns nicht. Auch nach so langer Zeit nicht.“

„Verbringt ihr deshalb so viel Zeit unter der Erde?“, will Eldrid wissen.

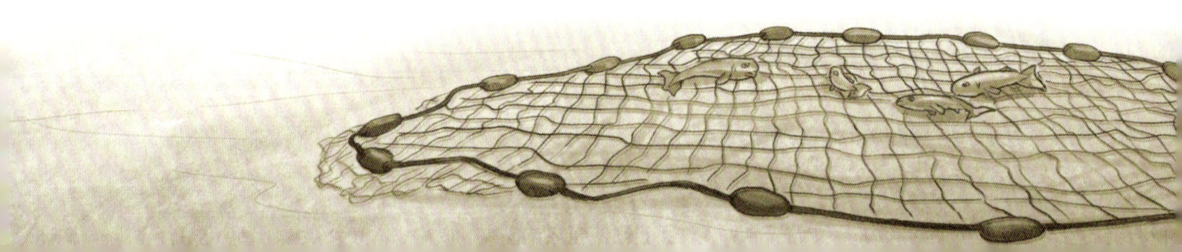

Oshok nickt. „Dort ist es erträglich. Die meisten von uns kommen erst abends heraus.“

Nach und nach erfahren Eldrid und Luwin noch mehr: Schon seit Langem hegt das Sandvolk den Wunsch fortzugehen. Allerdings wusste es nicht, wie und wohin.
Über die Zeit formte sich eine Idee: wegzufliegen mit einem Drachen.
„Ein unerreichbarer Traum.“ Oshok lächelt. „Aber wir hatten viel Zeit zum Nachdenken. Und zum Graben. Unsere Vorväter haben angefangen, einen langen Tunnel zu bauen. Mittlerweile führt er unter dem Meer bis zur ersten Dracheninsel. Meist ist dieser Gang überschwemmt. Aber alle paar Jahrzehnte stehen die drei Monde Valoruns in einer Bahn im Vollmond. Dann zieht sich das Meer bei Ebbe stärker zurück als sonst und der Gang ist trocken und betretbar.“

„Die drei Monde im Vollmond!“ Luwin macht große Augen. „Vor Kurzem war es wieder so weit!“

Die drei Weisen nicken und Nubek gibt zu: „Wir sind hinüber zur Insel und haben ein unbewachtes Drachenei gefunden. Wir wollten es ausbrüten und großziehen. Bitte glaubt uns: Wir hätten den kleinen Drachen gut behandelt. Wir wollten uns mit ihm aufmachen und eine neue Heimat suchen.“

Eine brenzlige Situation

Luwin und Eldrid müssen das Gehörte erst einmal verdauen: einer Mutter das Kind zu rauben. Selbst wenn das Kind noch in einem Ei schlummert. Das klingt mehr als grausam für die Freunde. Aber ein bisschen können sie die Sna-er auch verstehen.

Weiter hilft das allerdings nicht. Die Situation ist brenzlig. „Ihr müsst das Ei zurückgeben."

„Das geht nicht!", widersprechen Oshok, Beruk und Nubek gleichzeitig.

„Es muss sein", erwidert Eldrid. „Sonst werden die Zentauren die Drachenmutter jagen. Sie wird sich wehren und kämpfen. Wollt ihr, dass Zentauren sterben oder die Drachin getötet wird?"

Oshok und Nubek schütteln die Köpfe. Beruk seufzt: „Aber die Meerdrachin wird uns töten, wenn wir mit dem Ei zu ihr spazieren. Und die Zentauren werden auch nicht viel netter reagieren. Wenn wir den Diebstahl zugeben, sind wir verloren!“

Eldrid hat Mitleid. „Wir können euch helfen. Stimmt doch, oder, Luwin?“

„Äh ja.“ Der Zwerg kratzt sich nachdenklich am Kopf. „Wir müssen wohl. Gebt uns das Ei und ... und wir regeln das.“

Die drei Weisen ziehen sich zum Beraten in einen Winkel der Kammer zurück. Erst nach einer Weile kommen sie zurück. Und auch wenn sie nicht glücklich wirken: Sie sind mit Luwins Vorschlag einverstanden und übergeben dem Zwerg das Ei. Weil es auf den heißen Steinen gelegen hat, fühlt es sich warm und lebendig an. Luwin umschließt es fest mit seinem linken Arm und verspricht ihm in Gedanken: *„Bald bist du wieder*

bei Mama." Dann nickt er. „Gehen wir!"
Zusammen mit Oshok verlassen Eldrid und Luwin die Bauten der Sna-er.

Als sie an die Oberfläche kommen, graut der Morgen bereits. Die ersten Sonnenstrahlen tauchen das Meer und die *Dracheninseln* in goldenes Licht. Es könnte kaum schöner sein. Wäre da nicht plötzlich ein Schatten, der die aufgehende Sonne verdunkelt.
„Die Meerdrachin!", rufen Oshok, Eldrid und Luwin wie aus einem Mund.
Wenige Augenblicke später befindet sich der Drachenschatten direkt über den Köpfen der drei. Als Luwin hochsieht, trifft ihn der hasserfüllte Blick der Meerdrachin wie ein Blitzschlag: Sie hat das Ei in seinem Arm entdeckt. Und es ist ihr anzusehen, dass sie kurzen Prozess mit dem Zwerg machen will. Ganz klar: Für die Drachenmutter ist Luwin der Ei-Dieb.
Dann passiert beinahe alles gleichzeitig:

Die Meerdrachin fährt ihre Krallen aus und will sich auf Luwin stürzen.
Eldrid brüllt: „Luwin, pass auf!“
Der Zwerg hechtet zur Seite. Gerade noch rechtzeitig. Denn die Drachin schlägt ihre Pranken genau dort in den Sand, wo eben noch der Zwerg stand.
Luwin liegt am Boden. Aber er hält das Ei wie einen Schatz fest. Mutig schaut er seinem Schicksal entgegen. Die Drachin ist nur einen Drachenschritt entfernt. Doch bevor sie ihn schnappen kann, taucht hinter Luwin das Dreihorn auf und rast todesmutig auf das geflügelte Tier zu. Irritiert macht die Meerdrachin einen Hüpfer zur Seite, während das Dreihorn ins Leere läuft und im Wasser landet. Sogleich will sich die Drachin wieder dem vermeintlichen Ei-Dieb zuwenden. Doch plötzlich rücken auch noch wie aus dem Nichts die Zentauren an. Ein Hagel von Pfeilen geht auf die Drachin nieder und lenkt sie erneut vom Zwerg ab.

Eldrid nutzt die Gelegenheit: Sie steigt hoch in die Luft auf zum Kopf der Drachin. Genau in dem Moment, als sich das Tier wieder Luwin und dem Ei zuwendet, leert die Pixie den gesamten Inhalt ihres Säckchens über den Kopf der Meerdrachin aus. Es ist jener magische Feenstaub, der alles und jeden blind vor Liebe macht.

Puff! Die Wirkung tritt sogleich ein: Die Drachin hält inne und himmelt nun das ehemalige Hassobjekt – Luwin – verliebt an.

Der Zwerg seufzt und schnauft durch. Aber Eldrid kann keine Entwarnung geben.

„Luwin!“, schreit die Pixie. „Mach dich aus dem Staub. Das Pulver ist zu schwach für das große Tier! Der Zauber wird nicht lange anhalten!“

Luwin tut wie geheißen. Und er zieht Albas Medaillon aus der Tasche. Hilfe hat er jetzt dringend nötig. Zeitgleich feuern die Zentauren erneut Pfeile auf die Drachenmutter ab. Sie heult vor Schmerz auf.
Eldrid wirft sich tapfer zwischen Drachin und Zentauren. Sie kann die Attacke auf das verzweifelte Muttertier nicht ertragen. Wie erhofft hören die Zentauren auf zu schießen. Derweil gelingt es Luwin, eine Verbindung zu Alba herzustellen. Keinen Herzschlag zu früh. Denn der Blick der Drachin beginnt sich zu verändern. Ihre Verliebtheit schwindet und ihr Hass auf Luwin scheint zurückzukehren.
Bevor das Drachenweibchen jedoch erneut auf den Zwerg losgehen kann, lenkt nochmals das Dreihorn alle Aufmerksamkeit auf sich. Heldenhaft läuft es auf die Drachin zu und setzt dabei seine geheime Waffe ein: Es rülpst und furzt so viel, dass eine Stinkewolke die Meerdrachin einhüllt.

Das verschafft Luwin die Zeit, Alba alles im Schnelldurchlauf zu erzählen. Der Druide begreift zum Glück rasch. Und als sich die Stinkewolke verflüchtigt und die Drachin Luwin schnappen will, ertönt eine Flut an drachischen Schreilauten. Sie kommen von Luwin.

Natürlich hat er nicht in Windeseile Drachisch gelernt. Aber Alba flüstert ein und der Zwerg ahmt exakt die Laute des Druiden nach.

Das Ergebnis kann sich sehen lassen: Die Meerdrachin hält inne und hört gebannt zu.

Für einen Augenblick scheint die Welt stillzustehen.

Dann stakst das Drachentier auf Luwin zu, streckt den rechten Fuß nach dem Ei aus und krallt es sich.

Anschließend stößt sich die Drachin mit dem anderen Fuß und ein paar kräftigen Flügelschlägen ab und fliegt davon.
„Puh! Das war knapp!“, stöhnt Luwin.

Ein Himmelsgeschenk

Als sich alle wieder aufgerappelt haben, klärt Oshok die Zentauren auf. Zum Glück wurde keiner von ihnen ernsthaft verletzt. Dennoch sind Meleris, Helon und Sumaya mehr als verärgert und ziehen fluchend mit ihren Clans von dannen.

„Das renkt sich schon wieder ein“, beschwichtigt Alba. Der Druide ist noch immer durch das Medaillon im Zentrum des Geschehens.

Oshok, Beruk, Nubek und die restlichen Sna-er wirken bedrückt. Verständlich. Immerhin hat sich ihr Traum vom Wegfliegen in eine neue Heimat praktisch in Luft aufgelöst.

Aber Alba redet lange mit den drei Weisen über ihre Lage. Und er verspricht, über eine Lösung nachzudenken. Irgendeinen Ausweg muss es geben. Da sind sich auch Eldrid und Luwin

sicher. Sie versichern den Sna-er, sehr bald wiederzukommen und ihnen zu helfen, eine neue kühlere Heimat zu finden.

„Aber erst einmal müssen wir wieder nach Hause“, sagt Luwin. Er hat mittlerweile auch seine Gemütsruhe wiedergefunden. Aber er weiß: Diesmal war es ganz schön knapp. Erleichtert streichelt er das Dreihorn. „Du bist das tollste Dreihorn, das es gibt. Weißt du das?“ Eldrid kann nur zustimmen. „Am liebsten würde ich es mit nach Hause nehmen! Dabei hat es noch nicht einmal einen Namen!“

Albas Spiegelbild im Medaillon schmunzelt.

„Nur, weil ihr seinen Namen nicht kennt, heißt es nicht, dass es keinen hat!"
„Oh! Wie heißt das beste aller Dreihörner?", will der Zwerg wissen.
„Es heißt Heiga!"
„Heiga? Klingt ungewöhnlich", meint Luwin.
„Es ist die Abkürzung von Heiogava. Das bedeutet in der alten Sprache so viel wie Himmelsgeschenk."
„Das passt ja haargenau!", jubelt Eldrid.
Luwin nickt und äußert eine Bitte: „Alba, kannst du unseren Heiga fragen, ob er uns wieder ein Stück mitnimmt?"
Da grunzt Heiga und Alba sagt: „Heiga ist ein besonderes Dreihorn. Es versteht unsere Sprache. Und es sagt, es wäre ihm eine Ehre, euch wieder ein Stück mitzunehmen. Es bittet nur um eins."
„Ja?", fragt Luwin.
„Dass du es nicht als ER bezeichnest: Heiga ist ein Mädchen!"

„Oh!!!! Entschuldigung, liebe Heiga!“ Luwin schwingt sich auf das Dreihorn und schaut belustigt zu Eldrid. „Wer hätte das gedacht?“

„Das war ja klar!“, entgegnet Eldrid und lässt sich vor Luwin auf Heiga nieder.

„Wieso?“

„Na, weil nur Mädchen so mutig sind!“

Luwin grinst. „Du meinst: stur!“

„Hey!“ Eldrid boxt Luwin auf den Oberschenkel. Aber der lacht nur.

Und dann braust das Dreihorn wieder einmal los – den *Nebelbergen* und damit Luwins und Eldrids Heimat entgegen.

Silke Farmer-Wichmann ist studierte Biologin, arbeitete viele Jahre lang als Zeitungsjournalistin und ist heute als Bildungsreferentin tätig. Seit sie Mutter ist, schreibt sie in ihrer Freizeit Kindergeschichten, vornehmlich im Fantasy-Genre – ihre beiden Buben finden das ziemlich gut. Die Autorin lebt mit ihrer Familie in Wien.

Elif Siebenpfeiffer wurde 1987 in Kiel geboren und studierte dort zunächst Archäologie und Skandinavistik, startete jedoch nach autodidaktischer zeichnerischer Ausbildung 2012 direkt als freiberufliche Illustratorin ins Berufsleben. Seit 2013 lebt sie in der ländlichen Mitte Deutschlands und arbeitet dort für verschiedene Verlage und andere Kunden, vornehmlich in den Bereichen Fantastik und Rollenspiel, manchmal auch mit historischem Bezug.

Zauberfeder

Weitere Abenteuer von Zwerg Luwin und Pixie Eldrid

Der Ring des Zwergenkönigs

Der Auftakt von Luwins Abenteuerreisen. Durch Zufall erfährt der Zwerg, dass König Gorins Ring gestohlen wurde! Gemeinsam mit seiner Freundin Eldrid macht er sich auf den Weg, um den Ring zu finden. Dabei treten sie grimmigen Erzzwergen gegenüber und machen Bekanntschaft mit einem Wüstenork. Und natürlich darf die magische Unterstützung von Alba nicht fehlen!

Der Schatz der Sumpfmocks

Die Elfen verbieten neuerdings den Sumpfmocks, in den Waldquellen zu baden. Als Oonag es dennoch tut, wird sie aus dem Wald verjagt. Luwin und Eldrid finden das eine bodenlose Ungerechtigkeit. Zusammen mit Alba wollen sie die Waldelfen zur Rede stellen. Diese haben jedoch ganz andere Probleme und unsere Freunde stolpern in ein weit gefährlicheres Abenteuer, als ihnen lieb ist.

Fairyland

fairyland-verlag.at

Mehr Infos, Leseproben & Buchtrailer

fantastisch leicht lesen lernen

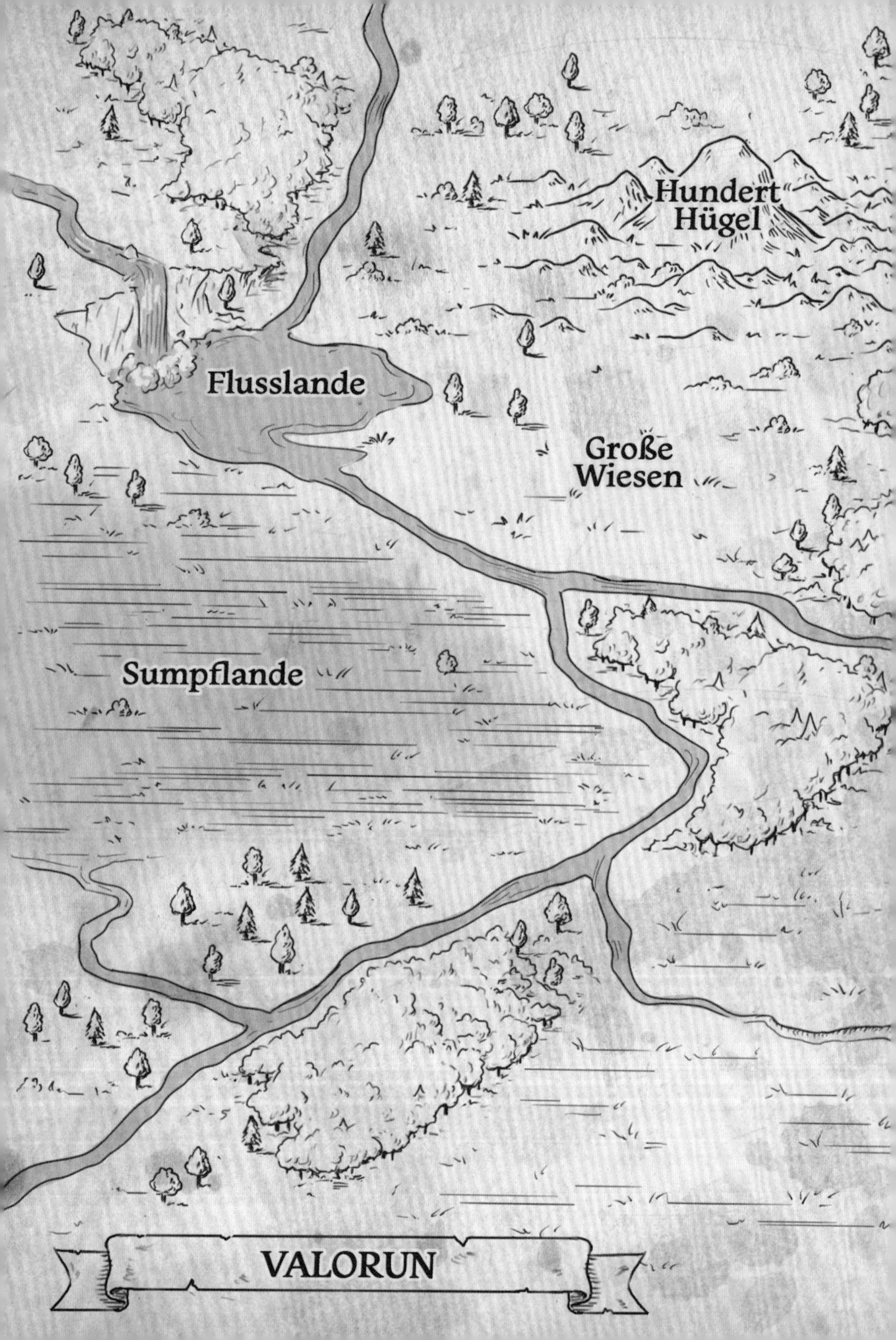
Hundert Hügel
Flusslande
Große Wiesen
Sumpflande
VALORUN